Delicioso y nutritivo

Dona Herweck Rice

¿Puedes creer
que es cierto?
Estos alimentos
son buenos.

Fresas frescas,
dulces y jugosas.

Un antojo muy crujiente
son las zanahorias.

Un pan caliente
recien hecho.

Manzanas de color rojo.

Un vaso grande
de leche cremosa.

Un puré de papa
liso como la seda.

Yogur con fruta crujiente.

Huevos revueltos bien calientes.

Un plato de espagueti, no resisto.

Ensalada verde fresca.

¿Estás listo?

Un pan de plátano,
uvas y queso.

Un helado de jugo,
morado y rojo.

Todo es nutritivo.

¡Lo mejor de todo
es delicioso!